- Amamos el papel.
- Tenemos vocación por lo bonito.
- Leemos, escribimos y dibujamos lo que nos apetece.
- Olemos los libros, aunque no sean viejos.
- Nos flipan las librerías y los libreros.
- Si tiene talento, lo publicamos.
- Y hacemos libros infantiles... o no, esto ya no depende de nosotros...

Mosquito Books Barcelona, SL
C/ Església 4-10, Local 2D
08024 Barcelona
info@mosquitobooksbarcelona.com
DL GI 398-2021

Fabricamos todos nuestros libros con papel ecológico.
Somos amigos de los bosques.

MIXTO
Papel procedente de fuentes responsables
FSC® C104592

En la realización de este libro no se ha maltratado ningún animal, pero alguno ha sido sobornado para obtener su ayuda.

SOLEDAD ROMERO MARIÑO
XIANA TEIMOY

LA BARBERÍA CLUB

CHICAGO, AÑOS 20: UN CLUB SECRETO Y UN MISTERIOSO ASESINATO QUE DEBERÁS RESOLVER...

M·O·S·Q·U·I·T·O

EL GATO ENCERRADO

Resuelve el crimen que encierra este libro.
Atiende a cada una de las palabras
y observa con detalle las ilustraciones.
Todo podría ser una pista clave.
Cualquiera de los personajes puede ser el asesino,
pero solo si estás atento y tienes bien afinado el olfato
podrás desenmascararlo.

MIAU

Descubre
en cada página
dónde está el gato
encerrado.

GUÍA DE PERSONAJES PARA EL LECTOR

BIG TULIO
El capo de la mafia y anfitrión de su fiesta de cumpleaños.

LUCRECIA BERARDI
La rebelde y agraciada hija de Big Tulio.

EL BARBERO
El vejete dueño de la barbería.

EL BARMAN
El camarero fanfarrón.

LOUIS
El talentoso e irresistible pianista.

GUNTER
El guardaespaldas alemán.

LA SEÑORA MCQUEEN
Una vieja amiga de Big Tulio.

TIM
El hijo endeble de la señora McQueen.

VOLDEMAR
La joven novelista.

RACE
El inspector de policía corrupto.

OLIVER KING
El tramposo corredor de apuestas.

SALOMÉ
El boxeador humilde y honrado.

LOS LOCOS AÑOS 20 EN CHICAGO

En el año 1921, un mundo agotado y dañado por la guerra comenzaba una década con ganas de pasarlo bien. En Chicago, construían rascacielos de oro y cristal, escuchaban bandas de jazz y bailaban charlestón en clubs secretos. La ciudad desbordaba riqueza y diversión, pero también era un lugar peligroso donde los gánsteres campaban a sus anchas.

CLUB
BIG JOE'S
VINCENT'S
Rudyards Place
SEAM
HUBBARD COTTONS.
Old Salem
Black Label
Spirits
SINCE 1892
KEYS·CLUB

HILLMA
PUR
FO
CHICAGO-OAK
PALMER & HONI
JO'S
BE
COLBY'S FURNITURE

LA CALLE

Era la 1 de la madrugada, llovía a cántaros, hacía frío y todo estaba cerrado. Pero la calle esperaba en silencio la llegada de la última invitada a la fiesta del 50 aniversario de Big Tulio.

Big Tulio era un hombretón gordo y bastante alto. De joven fue guardaespaldas, pero poco a poco y gracias a su carisma, escaló posiciones hasta convertirse en el gran jefe de la mafia.

A Big Tulio nadie se atrevía a llevarle la contraria. Nadie, excepto una persona: Lucrecia Berardi, su hija y la última invitada en llegar a la fiesta.

CLUB

LUCRECIA BERARDI

Lucrecia Berardi bajó de su coche protegida de la lluvia por un pequeño sombrero y un gran abrigo de piel. El frío condensaba su aliento y una espesa niebla se creaba a su alrededor. Desprendía misterio y estilo en cada movimiento. Era famosa por su belleza, pero también por sus revolucionarias ideas.

Lucrecia amaba su independencia y libertad.

Le gustaba salir y bailar. Era una mujer moderna y protagonista total de la rebelión de las mujeres de aquella época.

LA BARBERÍA

Las reglas para entrar a la fiesta eran claras. Para todos. Incluso para la hija de Big Tulio. Lucrecia Berardi se acercó a la puerta de la barbería. Golpeó 3 veces el cristal y esperó bajo la lluvia unos pocos segundos, hasta que alguien respondió desde el interior:

- ***Está cerrado.***
- ***"Bix Beiderbecke"***
–susurró Lucrecia.

Era la contraseña para entrar. La puerta acristalada se abrió y los ojos escrutadores de un barbero delgado con pelo blanco analizaron a la joven.

- ***Puede pasar*** –gruñó.

Lucrecia Berardi entró a la barbería empapada por la lluvia. Sonrió al barbero y él, sin dar ninguna respuesta, asomó la cabeza por la puerta para asegurarse de que nadie la seguía.

LA PUERTA SECRETA

La barbería era totalmente normal.
Suelo de baldosas blancas y negras, tres sillas de barbero enfrentadas contra un gran espejo, fotografías con cortes de pelo cuidadosamente dispuestas sobre las paredes y ningún rastro de la supuesta fiesta.

- ***Sígame*** –murmuró el vejete mientras abría la puerta oculta debajo del mostrador.

- ***Baje conmigo las escaleras y tenga cuidado con los escalones. Los días de lluvia resbalan. No vayamos a tener un disgusto.***

Lucrecia Berardi lo siguió con sigilo. Al final de las escaleras, el barbero abrió otra puerta, una grande y pesada de madera. Una bocanada de calor y música salió desde el interior del sótano.

- ***Bienvenida señorita***
–el amargo barbero, ahora sonreía y la miraba con picardía.

EL CLUB

La chispeante fiesta que se celebraba en el sótano, contrastaba con el frío desolador de la calle. La música estaba a cargo de Louis, un joven y talentoso pianista de gran estatura y dedos de seda. Verlo tocar el piano era un espectáculo. Pero escucharlo te llevaba a otra dimensión, un lugar donde todo era perfecto.

Los invitados disfrutaban de la música en las mesas dispuestas alrededor del escenario. Las mesas eran de mármol blanco y latón dorado. Los sofás estaban forrados con cuero carmesí. Del techo colgaban preciosas lámparas de cristal. Y grandes espejos con marcos dorados multiplicaban la pequeña sala hasta el infinito.

BIG TULIO Y EL GUARDAESPALDAS

Lucrecia Berardi se quitó el sombrero y el abrigo empapados por la lluvia. El barbero se hizo cargo de ellos, los dejó en el guardarropa y se retiró a la barra. Apoyado sobre el mostrador disfrutaba de la música a la espera de que algún invitado quisiera abandonar el club. La joven, desprovista de su abrigo y sombrero, lucía su corta melena y un vibrante vestido rojo que cuando caminaba parecía arder en llamas.

Se acercó a la mesa central donde estaba su padre. Lo acompañaba Gunter, su leal guardaespaldas. Un hombre grandote, de piel muy blanca y cara colorada.

- ***Feliz cumpleaños, papá*** –dijo, mientras besaba su mejilla.

- ***¡Ya era hora! ¿Dónde diablos te habías metido?*** –preguntó irritado Big Tulio.

- ***¿Siempre tienes que saberlo todo?*** –fastidiada, respondió la joven.

- ***Siéntate con nosotros. Brindemos para celebrar la ocasión*** –propuso Gunter, en un intento de alianza.

- ***No, gracias. Me voy a pedir una bebida a la barra*** –declinó Lucrecia mirando de reojo el escenario.

LUCRECIA Y LOUIS

Detrás de la barra, un apuesto y vivaracho barman esperaba a los clientes encajado en un traje negro y pajarita blanca.

*- **Soda con hielo y una rodaja de limón, por favor*** –ordenó la joven.

*- **En seguida, señorita.***

El joven revoleó los cubitos de hielo y la rodaja de limón. Era muy habilidoso y en unos segundos sirvió la resplandeciente bebida sobre la barra.

La muchacha bebió el primer sorbo y roja de excitación, volvió a mirar al escenario. Hechizada, observaba a Louis desde la distancia.

- ***¿Todo bien?*** –interrumpió Gunter.

- ***Sí, gracias. De maravilla*** –respondió envenenada de ironía.

- ***¿Sabes lo que hará tu padre si se entera de que estás enamorada de un pianista?***

- ***No sé de qué me hablas*** –Lucrecia abandonó la barra y regresó a la mesa. Estaba harta de esconderse y de aguantar todas aquellas tonterías.

Gunter, ardía de cólera. Amaba a esa chiquilla con toda su alma y ella no era consciente de lo grave que era la situación.

LA SEÑORA McQUEEN Y SU HIJO

La señora McQueen y Tim, su inseparable hijo, estaban sentados a la izquierda de la mesa de Big Tulio. La señora McQueen era una vieja amiga que conocía desde hacía más de tres décadas.

A sus 48 años, la señora McQueen todavía era una mujer hermosa, y su hijo Tim, con poco menos de 30 años, era una fotocopia desdibujada de ella. No conocer la identidad de su padre –un secreto muy bien guardado por ella– le daba un aire melancólico.

Tim apretó su boca antes de responder. Los ojos del joven brillaban mientras su madre esperaba impaciente la respuesta.

- ***Pensaba en el destino. Me siento feliz de poder estar aquí hoy.***

- ***Me alegro, hijo*** –el tono de la señora McQueen, no pudo ocultar un atisbo de preocupación.

EL CORREDOR DE APUESTAS Y EL CAMPEÓN

En la siguiente mesa discutían acaloradamente Oliver King, un corredor de apuestas, y Salomé, campeón mundial de boxeo en la categoría de los pesos pesados.
Oliver King era un hombre bajito, regordete y de apariencia cómica.
Caminaba dando pequeños brincos con un aire inofensivo. Pero Oliver King era un lobo con piel de cordero, un maestro del engaño famoso por haber sido el cerebro de la estafa de Los Medias Negras.
Sin lugar a dudas, Oliver King era uno de los hombres más ambiciosos e inteligentes de la sala.
Salomé era un muchacho fortachón de poco más de 20 años. Era un boxeador talentoso y honrado.
Gracias a sus combates logró sacar de la miseria a su familia. Salomé asistió a regañadientes al cumpleaños de Big Tulio, pero sabía que no podía negarle ese capricho al pez gordo de la mafia.

- En el 12º asalto debes dejarte caer –insistía Oliver.

- Son hombres miserables –a Salomé se le salían los ojos de las órbitas–. ***Siento vergüenza por usted y Big Tulio. Sí, sí, no me mire así. ¿Dónde están sus límites?***

Salomé se puso de pie y atravesó la sala hasta la barra poseído por una gran agitación.

LA NOVELISTA Y EL POLICÍA

En la siguiente y última mesa estaban sentados una joven novelista y un policía charlatán. Voldemar, la escritora, era una joven extraordinariamente alta y delgada. Lucía una ondulada melena pelirroja que subía y bajaba como un muelle con cada uno de sus eléctricos movimientos. La señorita Voldemar empezó escribiendo artículos sobre extraños sucesos en algunos periódicos de provincia. Pero con el tiempo convirtió sus artículos en novelas de misterio. La muchacha había desarrollado un sexto sentido propio de los detectives. Estudiaba las personalidades de la gente y observaba lo que ocurría a través de sus diminutas gafas redondas para archivarlo todo en su inquieta cabecita.

Race, el inspector de policía, era un hombre de unos 40 años, bajito, regordete y con una calva grasienta y brillante. Su facha insolente dejaba entrever lo corta que era su moral.
El bien y el mal le importaban un comino. Sólo le importaba el dinero.
A Race se le llenaba la boca hablando sobre los trapicheos de la mafia. Aseguraba que gracias a su importante papel, Big Tulio mantenía su imperio a flote. La escritora, ávida de información, apuntaba todo lo que le contaba en su pequeña libreta.

LA TARTA

La fiesta había llegado al momento más importante. La música se paró y la sala se quedó a oscuras. Lucrecia llevó a la mesa una tarta con velas. 50 velas sobre merengue y chocolate iluminaban la sonriente cara de Big Tulio. Todos aplaudían y cantaban ruidosamente un desafinado y descoordinado "cumpleaños feliz" sobre los tímidos acordes que Louis entonaba en el piano.

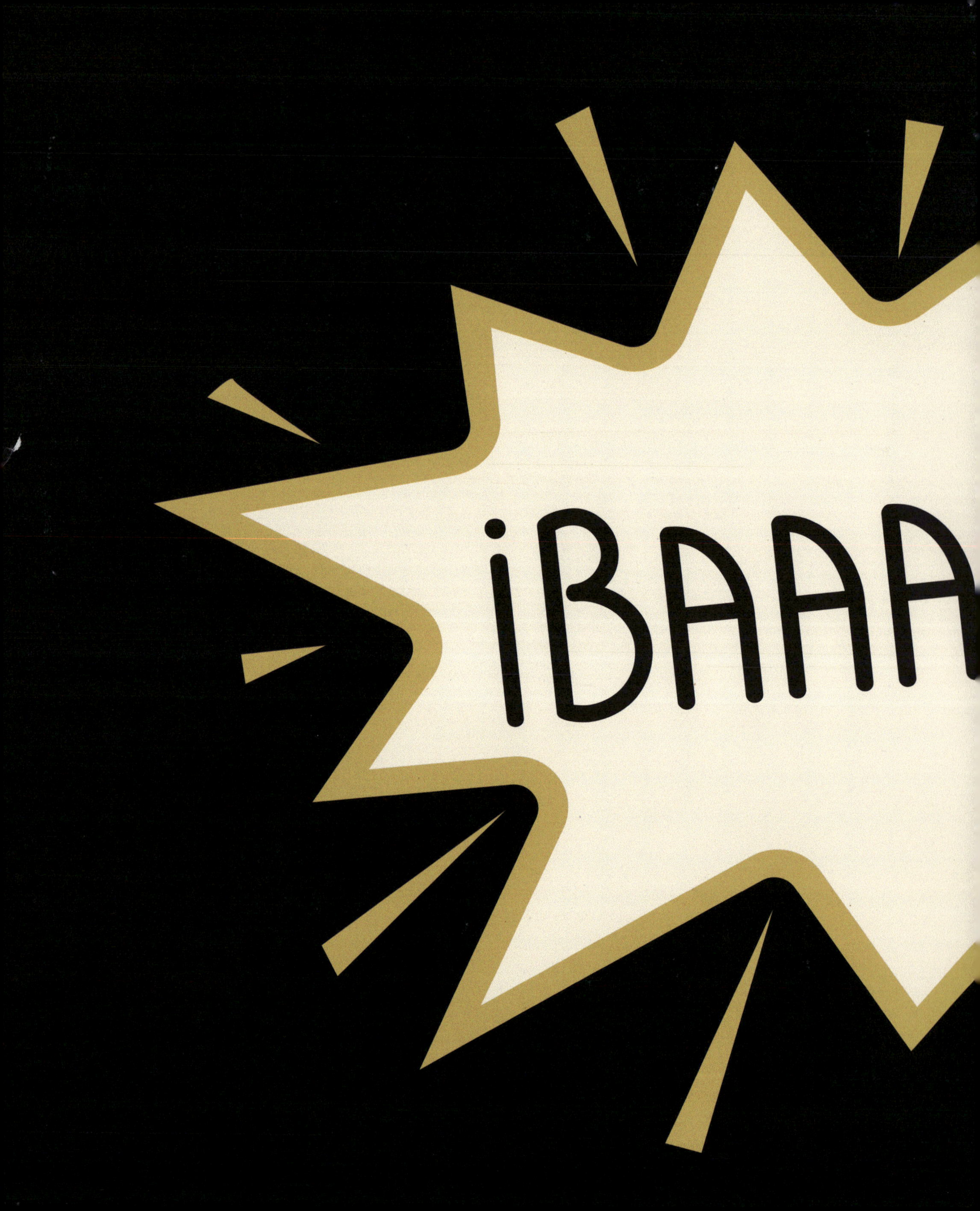
¡BAAA

ANG!

Un disparo enmudeció la sala bruscamente e impactó contra la cabeza de Big Tulio. Parecía que el viejo gánster no fuera consciente de que la bala le había atravesado la cabeza y, manteniendo la sonrisa, se desplomó sobre el chocolate y el merengue, apagando con su cara las 50 velas. Ahora, la oscuridad del club era absoluta.

- ***¡Le han disparado!, ¡Le han disparado!*** –gritaba horrorizada su hija.

- ***¡Que alguien encienda las luces, por todos los santos!*** –rogaba la señora McQueen.

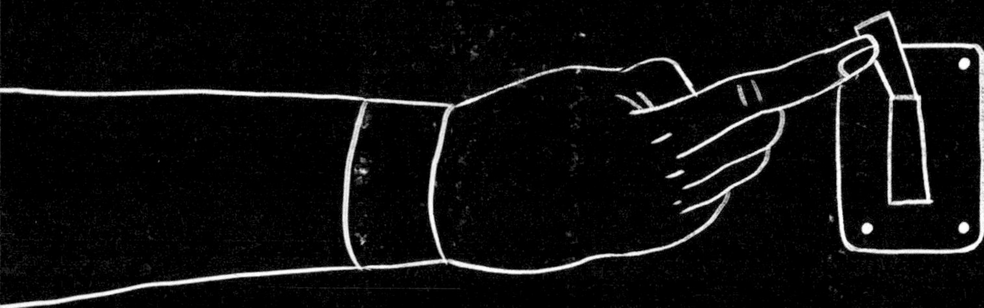

Las luces de la sala se encendieron de nuevo. Gritos, llantos y agitación.

- ***Está muerto*** –confirmaba con total frialdad el policía–. ***Lo han asesinado de un disparo.***

- ***Damas y caballeros*** –irrumpió con tono revelador la novelista–, ***no es difícil suponer que entre nosotros hay un asesino.***

UN ASESINO EN LA SALA

El comentario de Voldemar dejó a la sala aterrorizada.
Los presentes, desconfiados y temerosos, se miraban unos a otros.

- Pienso que, dada la situación de ilegalidad en la que nos encontramos, no tenemos otra opción que solucionar el caso aquí mismo –argumentaba la novelista, más excitada que consternada–. ***¿Estamos todos de acuerdo? ¿O alguien prefiere llamar a la policía?***

Voldemar hablaba en tono alto, caminaba de un lado a otro de la sala y cabeceaba con la mirada baja. Era extraordinaria la templanza con la que proponía resolver el caso. Había nacido para ello. El resto eligió seguirle los pasos. Era mejor evitar el escándalo. A partir de ese instante, nadie podría salir ni entrar al club. Todos debían permanecer sentados en sus mesas sin tocar nada. Voldemar ajustó con el índice las escurridizas gafas en su cara. Estaba dispuesta a analizar la sala en busca de pistas.

LA ESCENA DEL CRIMEN

Analiza detenidamente la sala en busca de pistas. Revisa las páginas anteriores si lo necesitas. Piensa bien la solución antes de descubrir la resolución del caso en las páginas siguientes.

4
5
6

LAS PISTAS

Abre bien los ojos
y descubre tú mismo
las pistas Nº 7 y Nº 8
en la escena del crimen
para resolver
el caso.

1. Fotografías en el bolsillo de Big Tulio sobre la relación entre Lucrecia y Louis.

2. Un revólver escondido en el piano.

3. Dinero del soborno que Salomé había recibido de Big Tulio para perder el combate.

4. Vaso derramado en la mesa de Oliver King.

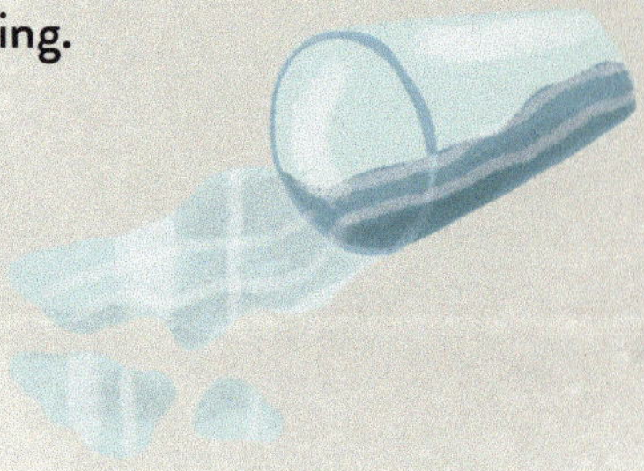

5.

Fotografías antiguas del romance entre Big Tulio y la señora McQueen.

6.

Revólver que llevaba escondido el policía Race.

7.

8.

LO QUE INDICAN LAS PRUEBAS

Voldemar, después de varias idas y venidas sobre sus propios pasos, gritó un eufórico "eureka" e inició su minuciosa reconstrucción de los hechos.

- Damas y caballeros, estamos ante un asesinato a sangre fría. Lo que hemos vivido esta noche formaba parte de un plan perfectamente estudiado. De hecho, habría sido un asesinato perfecto, si no fuera por un pequeño error...

La avispada escritora cesó su paseo para observar las caras de su expectante público y prosiguió.

- Según lo que pude apreciar a lo largo de la noche y una vez analizadas las evidencias descubiertas en la escena del crimen, deduzco que en la sala hay más de una persona que podría "alegrarse", y perdonen la expresión, de la muerte de Big Tulio:

1.

La primera pista revela que Lucrecia y Louis están profundamente enamorados... Peeeero Big Tulio nunca hubiera permitido una relación entre ellos.

2.

¿Acaso no podría ser el revólver escondido en el piano el arma homicida de Big Tulio que permitiría a la enamorada pareja vivir su amor en libertad?

3.

En cambio, la siguiente evidencia saca a la luz la extorsión que sufría Salomé por parte de Big Tulio. ¿Su muerte podría haber sido la manera de salvar su carrera?

Las miradas acusadoras del público iban de un lado a otro de la sala. Todos eran sospechosos. Cualquiera podría ser el asesino. Voldemar, muy consciente de ello, seguía desenmascarando los secretos más oscuros de los invitados.

4.

Mmmm... Pero sería un error olvidar al codicioso Oliver King y sus perversos movimientos. ¿Consideraría que matando al pez gordo podría ocupar su puesto?

5.

Por otro lado... el joven Tim guardaba unas fotos antiguas y un tanto comprometidas de su madre con Big Tulio. ¿Existe un motivo oculto para querer matarlo?

6.

Y por último, pero no menos importante... –concluyó Voldemar–, *Race me dejó muy claro a lo largo de la fiesta que Big Tulio le debía su imperio. ¿Apretaría el gatillo de su revólver porque consideraba que no recibía suficiente dinero por sus favores?*

- Bla, bla bla... ¡Paparruchas de una charlatana novelista! Nada de lo que dice prueba nada. Más vale que tenga algo mejor –protestó en tono amenazante Race.

PRIMERAS CONCLUSIONES

Voldemar cesó su paseo e hizo una gran pausa. Acariciaba pensativa su barbilla y volvió a la carga:

- ***He de reconocer que al principio el asesino casi me engaña... ¿No es cierto, querido Louis?***

- ***¡Por el amor de Dios! ¡No, yo no lo maté!*** –exclamó Louis.

- ***La pistola escondida en el piano y las fotografías que guardaba Big Tulio en su chaqueta eran bastante determinantes...*** –indicaba Voldemar.

- ***¡Juro que no tengo nada que ver con esa pistola!*** –suplicaba el pianista–. ***Debes creerme, Lucrecia. Yo no sería capaz...***

- ***Tranquilícese, Louis. Tranquilícese... Y deje que continúe, por favor: amigos míos, las piezas del puzle parecían encajar... Peeeero, una importante evidencia señala a otro culpable.***

Todos estaban desconcertados y Voldemar prosiguió inspirada:

- ***Había algo del todo extraño. Un tremendo error del auténtico asesino que liberaba a Louis como sospechoso.***

Voldemar analizaba a través de sus redondas gafas el revólver M1917 descubierto en el piano.

- ¡Ajá! Definitivamente este revólver no fue el arma del crimen. Todavía tiene las 6 balas en el tambor. El verdadero asesino colocó el revólver deliberadamente en el piano para inculpar a Louis, pero cometió un grave error: no sacó la bala que "supuestamente" habría disparado a Big Tulio.

La sala entonó un largo "Ooooh", en lo que Voldemar alzó su mano rogando silencio.

CASO CERRADO

La astuta novelista exhaló un profundo suspiro y se acercó a la mesa donde se hallaba muerto Big Tulio. A su lado, Gunter se revolvió en su asiento.

¡Et voilà! Aquí está el arma –Voldemar tiró del paño que cubría la cubitera de champán. Entre el hielo, ahogado en agua, se ocultaba el revólver–.

¡La pista número 7 era la manga mojada de Gunter, y la número 8 la servilleta cubriendo la cubitera!

El grandullón se rompió y entre sollozos confesó:
- ***Lo siento, no tenía otra opción. Tu padre había descubierto las fotografías y había perdido la cabeza. Estabas en peligro, Lucrecia. Solo quise protegerte...***

- ***... Y de paso librarte de Louis...*** –sentenció Voldemar–. ***Lucrecia nunca habría perdonado a Louis el asesinato de su padre y tú tendrías vía libre para conquistar su corazón.***

Voldemar señalaba implacable a Gunter. El grandullón se agarraba desesperado la cabeza y lloraba derrotado sobre la mesa...

- ***"¡Oh amor poderoso! Que a veces hace de una bestia un hombre, y otras, de un hombre una bestia."*** –citando al célebre escritor Shakespeare, Voldemar, rebosante de orgullo y satisfacción, dio por cerrada su investigación.

6 MESES DESPUÉS...

LUCRECIA BERARDI
Y LOUIS

Se mudaron a Nueva York y empezaron una vida juntos.

EL BARBERO
Y EL BARMAN

Se quedaron a cargo del Club.

VOLDEMAR

Publicó "La Barbería Club", una novela de misterio inspirada en aquella noche.

LA SEÑORA MCQUEEN Y SU HIJO TIM

Tim supo que Big Tulio era su padre. Ahora podía vivir en paz.

OLIVER KING

Continuó la busca de la gran estafa.

SALOMÉ

Ganó el Campeonato
Mundial de Boxeo.

RACE

Siguió con sus trapicheos con la mafia.
Nunca fue un policía honrado.

GUNTER

Fue a la cárcel. Le cayó una larga
condena por el asesinato de Big Tulio.